田中雪枝

姥ラプソディー

rhapsody

文芸社

青　縹　渺

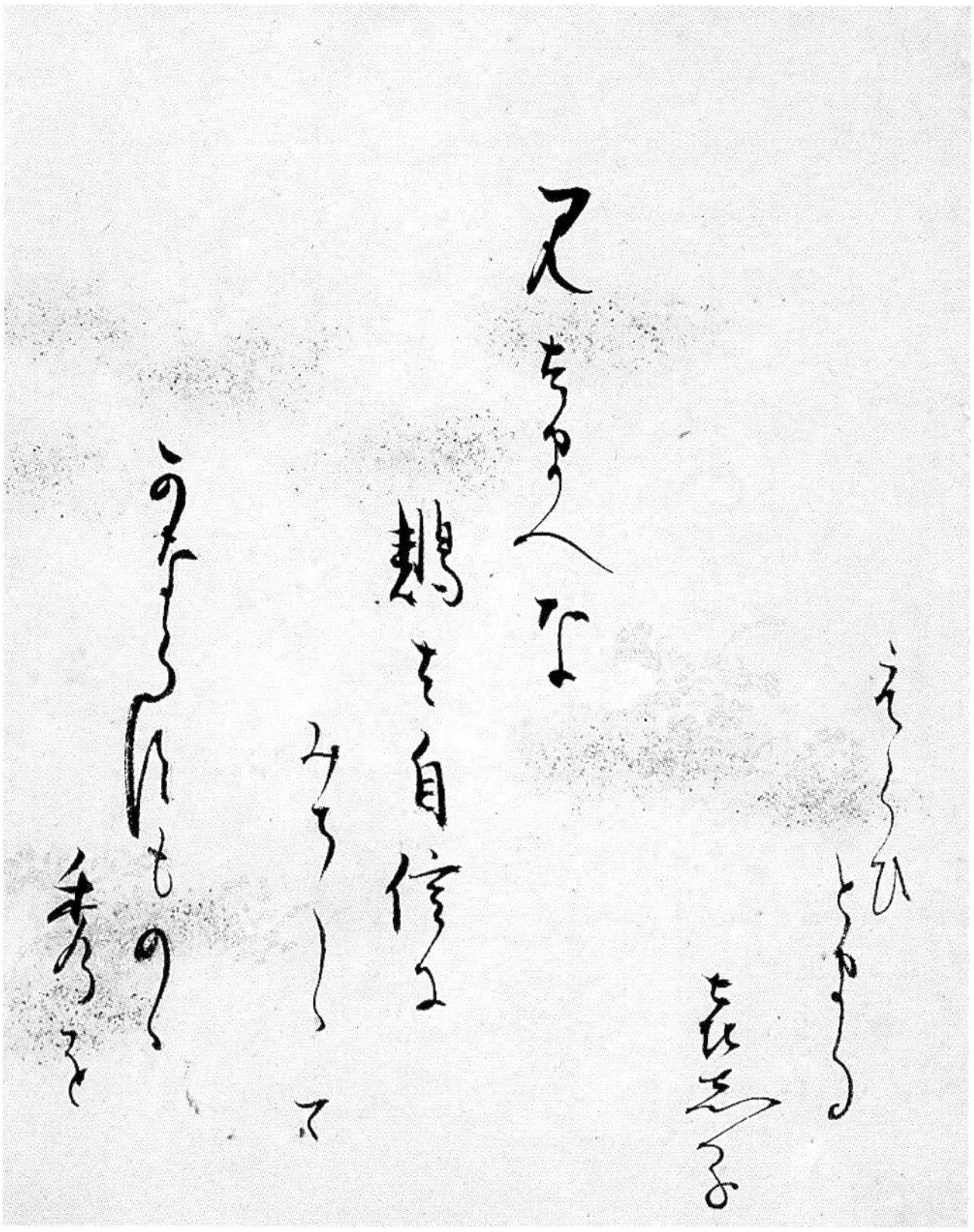

歌・書　若山喜志子

姥　ラプソディー

目次

I

II

I

朝の詠唱《アリア》

どのやうに演じてみても姥はうば日傘くるくる廻してゆけり
陽をあつめ噴きあげの水煌めきてわれに透明な時間ふりこぼす

ここにて逢ひき柳のみどりしなやかに揺るる水照《みで》りの影ひとり追ふ

呼ばるるはわれかと思ふ相呼ばふ番《つがひ》の鶩鳥啼く声聞けば

まぼろしを射とめむかいま標的は抜けるやうなるあの空の青

咲き出でて香にたつ園の白《はく》牡丹飛天の雫す珠かと紛ふ

ふらここのよぢれ戻して漕ぐ童子しまし発光体となりて初夏

ゆくへなど思はずあれよすずやかに水の面吹き変へ風光り過ぐ

風説は風に任さむわが影をわれと踏みゆく新緑のなか

くれなゐの滴るばかり卓上に薔薇は匂へり朝《あした》の詠唱《アリア》

グラビアの山脈《なみ》青し遠き日のこの世ばなれの夢ふと灯る

鍔ひろき帽かぶりゆくわが裡にわれが華やぎゐるだけのこと

梢《うれ》渡る青葉の風も聴きてゐむ白鷺《さぎ》と孤独の時分かちもつ

ゆくところ埃にまみるる竹煮草確執一つもちて歩めば

匂へりしリラとふ美《は》しき名の花も花過ぎたればあはれただの木

夢喰はでぐるぐるめぐる檻のなか雲翳るとき貘もかげりて

どもりつつ風吹きて來る群青の孔雀の翅の幽かにふるふ

朝ながら何の憂ひのあるならむうつむきて咲くエゴの白花

清き別れまなうらにありハンカチの花かろやかに風に吹かるる

おほかたの女《をみな》の視線くぎづけにマヌカン人形初夏を装ふ

青翳る木《こ》の間《ま》吹く風饒舌の時間のごとくさわぐ林は
とことはの笑みやはらかし野仏に日の斑《ふ》の揺れて峡は新緑
陽に透きて幻のごとヒマラヤの青罌《けし》粟くまなくわれは奪はれて佇つ

霧ごめに啼きし山見ゆ木《こ》の葉《は》木菟《づく》金の目玉の土鈴を振れば

雨けぶる富士見町界隈夏めけり欅並木の青なかんづく

草抜けば草に傷つくてのひらののっぺらぼうや何掴み來し

車窓より花の盛りの栗林しるき主張のごとくにほひ來

倖せのうちに数へむほのぼのと息づく虹に遇ひ來しことも

君はまぼろし

光りては消ゆる淋しさくりかへす沢の螢の何に魅かるる

椎の木下《こ》雨に光れるタイヤ見ゆ捨てし人心《こころ》も葉がくれに見ゆ

五月《さつき》闇まとひて佇てり影のなき媼《おうな》するどく暗《く》れゆくらむか

ひび割れし甕より滲む水のごと闇に沁みゆく悲しみのある

身を鎧ひ人と会ひ來つつゆ雨《さめ》に濡れし靴下脱ぐときにほふ

汗あへてバスを待ちをり這ひまはる蟻一匹の精魂に触る

ひとときの時間が匂ふバイク置き汗香《かぐ》はしき若者と鳩

世をあげてサッカーに沸く熱気身にあらばやああ傘寿の身のおぼろ

掌《て》にあまる重みの赤き熟れトマトここまでの道程《みちのり》誰か思はむ

ソルダムを剥けば血の色したたりて身に封印のかなしみの吹く

あひ触れて氷片の鳴るコーヒーに溶けてゆかざる独りの時間

紫のふちどりすずし人待つとトルコ桔梗を活けてふみづき

蜆汁ひとり吸ひゐて唐突にかなしみの來る君はまぼろし

夫なしの一人巷をさ迷へばいづこゆきても風の音する

「シューッ」とコップに泡生《あ》れて消ゆるむなしさも飲み干す一杯のコーラー

蹌踉と行く身たとふれば何色かからくれなゐにカンナは炎ゆる

桃割れ・もも尻・桃太郎・白桃《もも》剥きて真夏の連想とりとめもなし

風量を「しづか」に換へてエアコン命綱とも恃めり猛暑

日の盛り柳鰈の身をほぐすほつりほつりと淋し飲食《おんじき》

あの角を曲れば向日葵楯として咲かす家あり忘れねばゆく

夫逝きて悲しみの分だけ五キロ身の減量のこともかなしき

夏夜更けチャルメラの音のひびきくる過去の哀愁顫はせてくる

むかし祖母が供花にと咲かせゐし百日草や今の名はジニア

あたたかき言葉と会へり冷凍ししまって置きたいあの日のやうに

ささくれし胸処《むなど》もすずし心太《ところてん》喉《のみど》するりとすべりゆくとき

むんむんと照りかへす眞葛ひと谿を埋めつくしてどこまでの夏

咲かざりし一生《ひとよ》を思ふぱっと爆ぜ空に華やぐ花火見てゐて

新緑が暗緑へとうつろふ時も知らずて青きメロンを食《た》ぶ

かたはらに置かれあるゆゑふとそこにまぼろしは顯《た》つセピア空椅子

見てをりて胸あつくなる夏の夜の火蛾の昂ぶりとめどもあらず

はしきやし君のしづかなのどぼとけ見つつやすらぐ夜はもうなし

風鈴の鳴れり脳天に沁みつつレトロな涼を呼ぶかき氷

熱帯夜つづきたりしにふっと気の変りしごとく今朝の涼しさ

欠けたる壺にカサブランカ匂へり不遇といふはかういふものか

「けふ蟄居おのれの中を往き來して西瓜を食べる」一行日記

反骨のひそむ胸元は匿すやうつかひて涼しわが京扇子

ワンポイント向日葵のTシャツを着る命みなぎれる貌《かほ》よそほひて

蟬声を「炒るごと」と詠みし人ありまこと一木《ぼく》に繁る蟬ごゑ

水槽は熱帯魚たちみづみづし非日常へのわがパスポート

遺愛の瑪瑙のループタイ掌《て》にのせてかなしみはまたはじめより來る

油・熊・法師・蜩ひと夏の蝉といふ名のかなしき楽器

逝く夏の感傷さながらひと日しとしと利久鼠の雨が降る

スイートコーン齧る昼餉に足るいのち淡々しけれ卓上の影

一夏の思ひ出なけれど面映ゆき思ひに履きし白きサンダル

百合に似しアルストロメリア長く保《も》つ「ながく」「美しう」は女の希《ねが》ひ

爛々と眼のすわるとき青春はかたちとなりて宙を截りとぶ

―シドニーオリンピック―

花道のなく

人救ふ力在さば救ひてよ百体地蔵百の温顔

ああ夕陽「ＩＴ」時代に残さるる今日は昨日の明日《あした》なりしに

壊れゆく地上の音すまのあたりテロといふ名の殺戮の惨

雨のアフガニスタンさ迷ふ人ら思ふだに身震ふ正義とは何

「目には目を歯には歯を」たたかひ果てねば地球は滅ぶ

餌まけば群がりて來る鳩にどれほど信じられ居るかは知らず
縛られることのなければ限りなく無為に墮ちゆく独りが怖い
いつまでも旅愁吊られてあるやうなポシェットひとつ夜の壁にあり

梨食めばさくさく音すさはやかに秋ふるさとの顯《た》ちくるものを

しのび寄る老醜に似て冷蔵庫に無疵の梨がしわみてゐたり

われを必要とするものありやなし梨の礫《つぶて》の亡き君のほか

聞き上手となりゐて聞けば風のごとほうほうつのる自慢ばなしは

この花でなければならぬか蜆蝶萩のめぐりをつくづくととぶ

萩群のしだれ伏すまま寂《しづ》かなる秋の日暮れの身のありどころ

いつ見ても誰も渡らぬ歩道橋この世に無用のわれが渡りぬ

有刺鉄線そこよりは遁走の形にそよぐ泡立草ら

赤とんぼふと手にとまる風野原よるべあらぬ身をよるべとなして

過去世の秋に逢ひたくて独り聴く窓のほとりの月夜こほろぎ

とぼとぼと花野をゆけりわが影がわれとして在ることのかなしゐ

秋の雨滅多やたらに淋しくて残らず部屋の灯りをつけぬ

みづからは見えぬ私が飾　窓《ウインドー》につんのめる形に歩みてゆける

もの言はずけふも終りぬ灯《ひ》ともして言の葉しげる辞林をさまよふ

何となく心ひだるし飴いろのカリンのどあめ嘗めつつ夕べ

二時間は余りに長し「あさぎり号」哲学のやうな男《ひと》とむき合ふ

残りゐしマーマレード捨つ消費期限切れしものの言ひ分《ぶん》もあらう

使ひ捨てのペンのやうにていつのまか「老人」とし括られて棲む

久々にハミングわれも庭の虫とともに月光に濡るる今夜は

花道のなく一生を黒子で終るや影ひたひたと蹤きてくる

身に負へる闇とも見えて窓《と》の外の夜闇もろとも鏡は映す

橋桁にいのち絡める蔦もみぢ見知らぬ秋のひそけさに遇ふ

どこからか舞ひ來し木の葉と秋の陽をむさぼるやうに吸ふ掃除機は

無位無冠の身の軽さ茫々と枇杷いろの月を被《かづ》きて帰る

街角に口笛聞こゆ不意にして失意のわれの涙ぐむまで

届かない思ひのやうな歌ばかり詠んで何にならうかふと思ふ

ベンジャミン枯れて枯葉の散りぼへる床より裡の荒廃つづく

はらはらと枯葉舞ひ落つひとひらはひとひらの嵩踏めば音立つ

舞ひあがるものがあるから舞ひ落ちる一葉一葉があはれに沁みる

からからところがる枯葉ああ裡に音してやまぬものにあらずや

跼《せく》まる影

水鏡ゆらゆら映すひんやりと冬一隅にある齢《よはひ》見す

芯までもしぐるる夕べ自販機に出でし切符のほのかな温み

紅き木の実の感傷匂ふ少女ぎこちなく剥く林檎の皮を

とある日のかかる寂しさしぐれ來て平行線の鉄路が光る

枯葦の鳴り合ふほとり風もまた影となるもの夕べの水面《みのも》

公園に空罐一つころがりて地の傷口のやうに光れる

背すぢ立て冬越すこころ決めしかど水辺に水の涸れたる景色

生まざれば母としての母思ひやることもなかりき今日は母の忌

またしてもしぐるる心鉛筆《ペン》形《がた》の眉墨うすき眉根に刷けば

ひっそりと夕陽を浴びて海に向くおのれ挽歌のごとき朽舟

熔接にとびちる火花華やげり昔のことの見ゆるさびしさ

逢ひて別れし人らわが内に灯《とも》る通り過ぎたる風景として

けふの日も昏れてしまへりたましひをひきずるやうに啼く山鳩は

ひとり居のカーテン締めぬさむざむと終る科白《せりふ》のなき冬舞台

駅前広場何の出会ひもなきけふの寒き足下に鳩の群れくる

山帰來のリース購ひ待たれゐる貌《かほ》してわれも家路を急ぐ

たたみても世の荒廃のにほひする二十世紀末の新聞の量《かさ》

鍵ほどの存在理由われにありや寒夜《さむ》のドアを開けつつ思ふ

冴え冴えと並み立つ裸木天を指すその雄哮《をたけ》びの身にひびきくる

訴ふる夜更けの玻璃窓《まど》に声あげて「一人ぼっち」の指文字流る

あたらしき年の跫音《あおと》かこの夕べ炒る銀杏のしきりに弾く

歯朶はしだ歯朶吹く谿のあたらしき風に鳴りゐむ潮騒の鳴る

みづみづし瓶《かめ》もろともに水仙の葉の線形の単純匂ふ

今生に何見てありしか沖鯊《はぜ》の目の頑なまでにかたし甘露煮

思ほえず皿につやめく黒豆の粒々《りふりふ》にしも新春《はる》はにほへり

倖せの來てよ四つ葉のクローバー押し葉になしし年賀状くる

荒涼も寂寥も人の思ひに過ぎぬか冬晴れの枯野はつづく

凍て窓に蹐《せくぐ》まる影はりつきてわれは真冬のさびしき孤島

しんしんと冷えとほる夜はココア飲む過去ばかり降る雪の夜更けに

一枚の皿を割りたり残響のひびきやまざりけふ二月尽《じん》

まっ白に天地《あめつち》埋めて雪が降る白きが果てにわれの住みたれ

寒靄に囀る鳥のこゑ透り欝の扉を開けくるる朝

スマップが「夜空の向ふに明日待つ」と歌ふうたごゑ寒夜にひびく

すっぽりと天地覆ひて降る雪の水となりゆくてのひらの上

「ネバーギブアップ」思はずポケットにつめたき拳《こぶし》握りて帰る

こだはりの老女あくまで齢《とし》嫌ふ齢に安住出來ぬ痴者《しれもの》

屈曲のなし乱世の飛行機ぐも真一文字に朝空を截る

胸すくほどの小気味よさ主役食ふ脇役がゐてドラマはすすむ

すり切れし鶸いろスリッパ脱ぎ捨てぬわれに荒涼の冬終らねど

その故に遠くを見つめ夢を追ふ己が享年誰もが知らず

老いてこそ見ゆるものあれ蛇口より漏るる雫の一瞬光る

花の名人の名ものの名や健忘も身に引き据ゑて老いてゆかむか

生きてあること

白木蓮《はくれん》の苔啄む鳥がゐて悪も華やぐごとき春昼

春潮はわが思ひの香ほつほつと魚の形のサブレを食めば

花芽ふく白木蓮《はくれん》に鵯《ひよ》啼くそこにもう明日が灯りゐるかのやうに

奥利根の蕗のたう匂ふ一冬を越ししいのちのこのうす明かり

五、六ケの蕗のたうもてば両の掌《て》に溢るるごとき春の量感

いつの夜のまどゐなりしか夫がゐてトルコ行進曲軽やかに鳴る

誰《た》がためと問はばわがためと答へむ瓶の臘梅ふくいく香る

土佐みづき灯るごと咲く露地ゆけり胸吹く風はまだフォルティシモ

春愁は風が連れ來し飾窓《ウインドー》に婆娑羅の髪のわれが居りたる

何おびくものとも闇に浮くさくら足漂へばはらはらと散る

何ほどのしあはせこぼれゆきし掌《て》か窪めてふぶく花びらを受く

花浄土吹雪けば誰も仰向きぬ己れの影を踏みゆきながら

さくら花びら卓に散るさへ怯《おび》ゆる触角のごとしけふの心は

何待つといふにもあらず闇匂ふ窓べに眼凝らして居たる

山も空もとろりと重し古眼鏡春のけだるさ吹きかけて拭く

水やりを忘れ萎れし櫻草忘るといふは亡き心と書く

朧夜におぼろとならぬ忍び草搖れてかなしも生きてあること

パソコンも携帯も持たずレッテルは「二十世紀の遺物」かわれは

嘘つきの感覚そのまんまを嫌ひて齢《とし》匿すへアウイッグで

触るれば手の染まるかと思ふみづみづと苺女峰の春のくれなゐ

いつかまた見むと思ひて今日エリカ「花おりおり」の切抜きをする

起きて先ず朝刊の匂ひを開く小泉改革どうすすみゐる

春疾風《はやて》欅の嫩葉吹き千切るただ一過性の愁ひにあらず

脱兎のごと階降りゆきしスニーカーの白まなさきに追ひつつあゆむ

裏木戸も門扉もなくてたはやすく出で入る家やいつまでか棲む

アルバムに思ひ出たどるみそかごと五月安曇野秋のみちのく

牧水・喜志子の行きし宿ときけば行くブランド品を追ふのにも似て

わが歌にまだ紋章なしせめぎあふ新と旧との二世代住居

育ち盛り娘ざかり女盛りなぜ老いざかりとは人言はぬ

夢の夢と思ひゐしこと夢に叶ふ今朝の目覚めのさはやかなこと
倖せのいま來向かふかと思ふまで陽にひらひらと蝶舞ひてくる
億年の時の流れの一点に生きてともさむ残んの灯り

II

時の嵩

ふりつもる時の嵩とも踏みてゆくとどめやうなし降りくる落葉

取り落とさばルビー砕けむあやふさに石榴一ケが重し掌《て》のなか

もしやわが無くせしものか森の奥童画のやうに木の実ころがる

胡蝶蘭枯れてしまへば引き抜きてゴミとして出す非情と棲みぬ

秋が鳴るかさこそと鳴る踏みゆきて乾反《ひぞ》る朴葉の一つを拾ふ

アイビーの鉢倒れゐて暗転のいつとも知れず冬のふかまる

命運のことはかなしきなぜ白スワン黒スワンかならび寄りくる

池二つ結びひたすらなる堰の水の下降の眩しきばかり

黒すぎるバラと思ひてふりかへるビュフェの絵の中わが影のゐる

つきつめて追ふのはよそう気まぐれに水の面抜けゆく風の影など

土割りてふきのたう出づ野のつかさまだ冬枯れのこころにひびく

清やかな蘭の切手の貼らるるにほうほうと風のごとき距離感

ミニの鉢紅きプリムラしたたかに冬を越え來しものは耀ふ

胡麻ほどの矢車草の種播きてゆたかや明日を待つといふこと

潜りては玲瓏の日を掬ひつつキュルルルと啼く鳰二羽がゐて

白と黒の斑浮き出て乳牛の一群春のひかりの在り処《ど》

黒揚げ羽黒に徹して舞ふ営為泪ぐましも薬草園に

ロドルフとベルサの純愛負ふといふ勿忘草の瑠璃みづみづし

鉄線の花より広がる夕暮れを逃るるやうに猫走り過ぐ

ペパーミント一葉グラスに浮くさへ五月はかをる君の言葉も

はらはらと又はらはらと夏落葉谿に零るる余剰のものや

「復活」はよみがへること胸熱くマーラー聴きて夏の夜くだち

ゆっくりと自分を愛するやうにして氷菓を嘗むる一人かわれも

きりきりと紅咲きのぼる立葵素志どこまでのものかと見つむ

ゴッホ身にひそむか知れずひまはりの黄鮮やかに塗りゐる童子

相呼ばふ声とも聞けば愛《かな》しくてまた寂しくて山のひぐらし

為さざりしことばかりがふるやうで逝く夏の雨こころに溜る

時じくのすみれ紫すずしかり残暑見舞の押し葉のはがき

牧草《くさ》つたふ風の韻きも聴きとめし山の記憶は透明にして

漂へるウインドサーフィン孤独なる風景として佇むわれも

夕影法師

何のため帰りゆくなる鍵ほどの重みもなくて夕影法師

虫すだく闇に漣あるやうなすずしさ何も思はずゐよう

母と子の像憧れし日は杳しどんぐり一つ掌《て》に拾ひあぐ

低唱も一つの姿勢地に矮《ひく》く夕日に澄みてサフランの咲く

もう一度明日に賭けむと思ひしはいつの日なりし街は夕映え

表情を匿せば物も云ひやすし冬の序章のわが白マスク

万華鏡くるくる回すこの手より抜けゆきしものいくつか思ふ

枯れ枯れの山負ひて立つ乳牛の吐く息そこのみのあたたかさ

寒鴉頭上に啼きて去りやらず森よりはやくこころ翳りぬ

ひっそりとわが昭和逝く沸騰のケトルの笛は夜の鎮魂曲《レクイエム》

ここよりは平成と線引きがたし童女より幕開きしわれの昭和史

身のほどに生きる安けさひっそりと水辺に榛《はん》の花穂が揺るる

胡蝶菫《パンジー》に埋もれて時を失ふやあてどなき方指す花時計

春愁はそこはかとなきティシューペーパー抜きとるとき微塵の舞ひて

花吹雪禊のやうに身に浴びて川沿ひをゆく生きてあること

とどまらぬ「時」惜し水の流れ惜し花の筏を両掌《て》に掬ふ

來あはせて棟《あふち》の花の咲きけぶる万葉公園雨降りしきる

濁流を清流と思ひてゆかな雨の一谿青葉が匂ふ

すっぽりと雨に濡れゆく悔しければ悔しき旅の触発のあれ

檻のなか命きしめる獣らのあはれににほふ岬みなづき

夏の夜の鵜舟見てをり篝火の燃える限りのかなしきドラマ

炎天に垂るる鞦韆《ふらここ》置きざりにされたるものの叫びは聞こゆ

クーデターソ聯を憂へし夏も過ぐ赤実さやかにひかる珊瑚樹

さ迷へるわれとは何か霧霽れて白馬連峰パノラマのまへ

この身ぐるみ霧が封じて消えてゆく山は日常のすさびのごとく

山腹にホルスタイン群れあたたかしアンリ・ルソーの牛も居らずや

何かる急かるる何ならむ権萃《ごんずい》の実がまずみの赤実光る山みち

高原の松虫草にとまる蝶小さきものは小さく影す

たはやすく内奥見せじとかたく閉づえぞ竜胆のはなの紫

敗戦の悔しき証秋天に物言ひて立つ原爆ドーム

かなしみは怒濤のごとく灼きつきし「人影の石」息つめて見つ

引潮に大鳥居のそばだつ見えて心はるけし安芸嚴島

参道を吹き捲く風に背を高くあゆめる鹿の孤高と出遇ふ

中世の城壁模して這はしたる蔦もみぢここに陽は惜しみなし

にれかむと旅のスナップめくりゆく瀬戸内に見し大鱗雲

空気の色

冬に入る空気の色を見つめをり変りやうなく手を拱きて

底ひなき無韻の雪夜かたはらに耳ひらくごと水仙ひらく

柚子刻めば柚子の香りにそまりつつ生きむ思ひのはしなく灯る

漠然と置かるるグラスあたたかき冬陽を反すとき水晶《クリスタル》

生き残るものは執念しふりしぼり命ふりしぼり冬の蝿とぶ

新鮮といふ語の韻き皿の上にかがやく冬の苺を食《た》ぶ

ほの青き雪のしののめさくさくと跫音《あおと》ひびかせ誰かの來ぬか

満腔に灯とぼるごとし櫻花湯《あうくわたう》春たっぷりの香りを飲めば

匂へりし地上のさくら散り果てぬ果てるとはいのち燃やしきること

血のうすき人の顔など思はする風に顫ひて鎔射干《しやが》の花

わがものと言へる一つもなきわれやベニバナトチノキ花掲げ咲く

名水を飲まむとつくばふわが影のうつしみよりも鮮明にして

よどみなく昨夜《よべ》より朝に継がれゐて瓶に萏のおにゆり開く

油蝉みんみん蝉鳴きバルセロナに負けず林の夏は燃えゐる

淋しさのいづくより來る夕暮れの阿寒湖岸にサビタの搖れて

網走の獄舎見おろす丘に佇つ彼と我とを隔てるは何

目瞑りてアイヌ・メノコの吹く笹笛《むっくり》かなしと聞けばかなしその音《おん》

藍ふかき湖面どこまで澄みわたる霧の摩周湖つひにまぼろし

在ることが即幽玄と思ふまで枯山水の石の白白

今日も明日もわれはわれに過ぎねばわが射手座をさがす夏の夜空に

転身はつひになからむ屈まりて固きキャベツの捲き葉を剥がす

いづくより食べはじめむか眺めては葡萄一房端より食べぬ

錠剤の一粒床にころがりて今日がはじまる何も不確か

淋しさは野分のやうと言ひおかむ夢にも子なき位置にものいふ

水戸納豆糸引くさへも厭はしきめぐりの何も絆となるな

怨念の果てに浄まることのあれ夜は祈りのごと手を組みて寝る

「こんとん」といふ名の茶房街に消ゆいつまでかある身の混沌は

絶ゆるまあらず時の逝く老松を吹き撓りゆく風筋見えて

枯葉舞ふ無人ぶらんこ侘しくて大きく押せば大きく戻る

セーターをはたけば冬陽に舞ふ埃わが生身より起《た》つものかとも

茫洋とどこか枯野を見て立てる遠まなざしのポニーよポニー

人の上に人あることのまさびしき会果てて寒き陸橋わたる

流れゆく雲を見てをり頬杖の双掌《もろて》のぬくみ一つ恃みて

野方図に広がるさまもうらさびし風にさざ波たてて熊笹

暗黒を背負ふかたちに立ちてゐしヒマラヤ杉と夢にまた遇ふ

沈黙を毀つすべなしわが息にさとくくもりを張る銀の匙

レクイエム

たどきなく母つく杖の音聞こゆ黄泉平坂《よもつひらさか》冬澄みてあれ

なみだ川越えよとばかり冬光《かげ》に舞ふ白鷺の見えて葬路《はぶりぢ》

かなしみをふちどるやうにひびきくる葬送の樂もう母は居ぬ
そこよりは亡母《はは》のわらひの見え隠れ涙ぐむほど連翹明かし
みやびかに花菖蒲咲く手描きなる母の遺愛の帯ぬけ出でて

天涯の母の瞳かびしょ濡れのわれにまたたく河骨の黄

香手向くこの形でしかもう会へぬ風に卒塔婆カタコトと鳴る

われを呼ぶ声は空耳さめぎはの夢の混沌《カオス》に啼く郭公は

その夜更け暴力に似てかき消さる年の順などなくて君の死

もの言はば溢れむ涙恘へゆく雨の舗道の駅までの距離

書《ふみ》に拠り書に安まりし一生やリボンの遺影ゆたかに笑まふ

符合めく弟の文字手帖には父母の戒名書きてそれきり

わが影をわれと踏みゆく栄光と無縁に過ぎしそのまた一人

君逝きし今年内耳の奥ふかくつくつくぼふしつくづく鳴けり

寂寞と

時そこに積もりゐるごと寂寞《じやくまく》と散れる椿の赤き花首

吹き溜る花びらすくふ燃えつきし尉のごときものこの白き蒿

青けぶる柳は見ゆれ春埃わが狹量を吹きあげて舞ふ

ふと虚を衝く刃物のやうに霊柩車きらめきて來る春の坂みち

張りあひて嘘言ふこともなくなりし何にもなくてエープリルフール

子らに交り無明の胸も照らさるる松葉ちらしの花火の明かり

血の滲むビーフ焼きをり放牧の牛らのまなこ眼が浮かぶ

いづこにも人の家居のあることの胸あつくなるここは山峡

揺れゐるはわれかとばかり明るめりとっくり椰子の影そよぐ道

共棲の魚には魚の分《ぶん》あらむすずしく泳ぐマンタも鮫も

戦の悲惨な過去も知りつくし珊瑚礁《いくり》の海は真っ青に透く

ひしひしと不戦の誓ひ血ぬられし人らの顯《た》ちくる摩文仁ヶ丘よ

自らがたてし埃をかぶりゆく車体につづく高速道路

しろがねの光芒揺るるすすき野に時逝く風音ばかりが聞こゆ

率《ゐ》て拾ふ子もなし森にどんぐりも松ぼっくりもあまたころがる

どこまでの道連れならむからからと身許不明の枯葉とわれと

身じろがばどこか切られむ森の上に利鎌のやうな冬月かかる

たはやすく妥協せず來し数へきれぬ疵の俎板ごしごし洗ふ

スヌーピーがシャボン玉吹くベビー毛布冬の売場に夢を頒ちて

何期するといふにもあらず水仙の花ではじまるカレンダー掲ぐ

傷兵といふはもはや死語過去から來た男が辻にハーモニカ吹く

リラ匂ふゆたけき夜《よは》に奔《はし》りきて打つカンボジア殺傷ニュース

急流にカヌー挑める若さ今まっただ中の渾身のわざ

流行はおのれ没することなるに入ら喪の色皮革を纏ふ

別れ來て一樹に鼓動押し当てし遠き記憶にすさぶ木枯らし

口開かば胸の奥までさし入らむ月の光のまさびしき孤座

中位に生きるがよしといふことかルーレットに出る「中吉」の文字

カーディガンの釦一つをかけ違へひと日気づかずかかる一生《ひとよ》か

過去拾ひゆく友と過去を捨てたきわれのちぐはぐ二人の会話

この里の歴史刻める工房の小暗き隅に媼紙漉く

昔むかし棲みてゐしとふアケボノ象模型の鼻振り夢を誘ふ

蝋人形苦役の吐息つたひ來る土肥金山の暗き坑道

生きねばならぬ

ぼうぼうとガスの青焔《ほのほ》の吹くほとりまだ幾ばくか生きねばならぬ

光琳の梅見てあれば床しくて遠世の春のほつほつ灯る

好きだから蚕豆を煮るたのしみは幸せに似て夕べの厨

夏蝶は風に逸れゆくわが佇てる地平いづくにま向かひてゐむ

充実とはこんなものよと夜の皿に巨峰一粒づつが耀く

或るときのわが形相か白々と激ち逆巻く阿修羅の流れ

運不運も人にまとひて入りゆかむ新築マンション雨に烟れる

宙天を押し上ぐるごと腕伸ばす少年をりて大鰯雲

大き手に掴みとらるる夢を見き何を抱へてをりたるわれか

幻のごとき赦さぬ齢《とし》といへわれは死ぬまでまぼろしを追ふ

銀杏散る宮の石段下りゆく身の老年の今どのあたり

ほうほうと凩吹けりめぐり会ひ人は別れて葬列のゆく

入りゆけばならぶ刃物の刃の殺気ぎらりとうごく寒灯の下

選ばれて生まれしならずせめてけふ生きし証の一首をしるす

過去形のものいひ多くなりたりしかけぬけて今年も枇杷の花咲く

仙蓼が千両となりしめでたさよ実ものには実ものの來歴のある

年経れば何の思ひも淡きかな夕べコーヒー熱くして飲む

胸冷えてありしばかりに泪ぐむポインセチアの火と炎ゆる色

移り來てピエール・マスの「静かなる流れ」を掲ぐ胸の壁にも

一湾の宇宙の中に舞ふ鳶の果てなきさまもあはれ夕暮れ

泉頭に砂礫まきあげ湧水は「ゴボッ」「ゴボッ」と湧く帰りてのちも
―柿田川―

枯れ松葉散るべく散りてゐることもこころに沁みて行けり松原

翔ぶところここと決めゐて啼きながら向き変ふるとき鴎はひかる

夕凪をそがひに佇てど「今」がもう過去となりゆくカメラの中に

感情のあふるるごとく咲きてあるはま菊いそ菊浜風のなか

橙にアロエ咲く道ゆくとても薬効のこと思ふはさびし

ふっきれず歩みゆく方雲切れてくっきり冬麗富士は峙つ

赤潮の蛇行する海見ゆるさへおぞましサリン・オウム旋風

物騒な世とは無縁に光りをりジャングルジムと春の白雲

白白と跳ね放題の下着干すけふも元気印の旗として

青痣《あざ》のごとパンに黴吹く恐ろしき世は暗澹と六月の雨

すずしさは思ひまうけぬかたちにて朱夏森かげに蝉の組曲

たとふればま白日《ひる》の絶唱白冴えてアメリカ芙蓉咲ききはまれる

III

沢水の音

さゐさゐと流るる沢の水の音とどまらず往くものは寂しき

現実は乾《から》びし柳葉魚《ししやも》炙《あぶ》りをりワーズワースもリルケも遠し

はぐれ啼く一羽かゆきてとの曇る空ひしひしと寒し極月

待てば來る証もあらず漣のすずしき湖《うみ》を見に來てしまふ

先ざきのことなど思ふまじ五月湖《うみ》べは水の綺羅風の綺羅

松の芯總立つ山の空気食み宝鐸草《ほうちやくそう》もちごゆりも咲く

草おもてかなしきまでに青き原胸に放牧の黄牛《あめ》を呼ぶ

倒されて杉の切り口年輪のあらはなさまもあはれ山みち

風に響《な》るあすなろの樹に寄りゆけりわれにも未來ある貌《かほ》をして

何に舞ふ鳶《とんび》か沖もかすみ見ゆ遠き悲恋の海に向かへば

—恋路海岸—

ふたたびも來む海ならず岩に這ふタイトゴメとふ黄花の燃えて

母のため泣けばしくしく蕺草《どくだみ》の白き十字も雨に濡れゐる

誰も誰も明日の確証あらざれどああ墜落ジャンボ機の惨

飛びこみて蜻蛉《あきつ》この胸に休らへばにはかに親《ちか》し蔵王の山は

夕風に吹かるるままの寂しさはわが裡にして韮の花畑

たもとほる檻の羆《ひぐま》のけぶらふ眼生きていかなる虚しさにゐむ

佇つ人の小さく見えて天よりの飛瀑たうたう谿にひびかふ

錦繍の肌《はだへ》侵してのぼりゆくゴンドラの影われと思ひぬ

地をすりて枯葉一ひら蹤きて來るよるべもあらず乾きしものは

疑はずありしをどこか行き違ふ心しとどに降る雨のなか

掌《て》の中に木の実ほのかなぬくみもつ落葉しぐれの道遠けれど

つくばひてま白き泡を立たせをりいま髪洗ふほかは思はず

胸の地図たよりて來しがおのが位置見失ひたりビル街のなか

どこか触れどこか逃げゐる会話にて暗き茶房にコーヒー啜る

蠟の火の尽きなむとして清《す》みかへることの終りのああ一瞬時

書き終へて薄き掌《て》を見る何ひとつ掴めずに來しものの平たさ

奮はぬは一人かしれず吊皮を握る手の列力みてみゆる

誰《た》が誰に当てし忿《いか》りぞ「帰る」てふ文字凍てのこる伝言板に

白き息吐きてバス待つ人の列渾沌の今日を誰もが負ひて

照り翳る冬田の上に一羽舞ふ孤独になじむごとく白鷺

何ひらく身と思はねどあたらしきお守りの鈴すずしく鳴るも

冬枯れのこころにゆけば街角に玩具の熊が太鼓をたたく

ふるさととわが決めをりぬいつ來てもポップコーンの匂ふ駅前

忘れゐし遠き風景現はれてひらめく闘魚茶房に來れば

夢しばし啄みゐるむか花永き紅オブコニカ窓辺に置きて

おのが座

おのが座の落ち着きにゐる卓隅に光るあぢ塩胡椒の瓶ら

ほのぼのと雲のつづきに見るものか白くかすみて遠見のさくら

年年に咲くさくら坂くだりゆく思へば遠きわが歩みなる

嫋嫋と花にもひびけ不動寺に今日のかたみの鐘一つ撞く

おほどかに蓼科山の立ち姿まぎれなく師のふるさとはここ

「ほう」と呼べば「ほう」と谺のかへり來て山路明るし人を信ぜむ

巻きのぼり花咲きたりし後日譚聞きにゆくごと葛を見にゆく

鬼面われを通さぬ眸《まみ》か光りゐて童《わらは》の仁王門にはだかる

―秩父童子堂―

地に還るものはひそけし日のかげに陶片のごと山茶花散れる

逆らひてやがて流れに呑まれゆく枯葉われとも思ふ岸辺に

吹き霽れて富士浮かぶこの空のつづきに動乱の國ありと思へず

パンを焼く厨に透りくるこゑは鶯にして朝の前奏曲《プレリュード》

罐あけてコーンスープ煮る簡潔になりゆく暮らし誰にも言はず

木瘤幾つつけてたぶのき聳えたつ異形《いぎよう》のことは寂しからむに

くりかへす水のあはれの熄《や》まずして噴水忘れられゐる薔薇園

心なく時は移ろふまのあたりはららきて朴のしら花も殲《つ》く

はてもなき梅雨のしめりにこもりゐて饐えゆくものの一つかわれも

鍬形虫《くはがた》を這はすどの掌《て》も樹脂《やに》つけて櫟林に少年にほふ

踏み入れば鎌あげて來る蟷螂の生なまなまし草生の中は

すさまじきドライアイスの白けむり自壊のさまのこの仕方なさ

ダム下に奇岩るいるい乾されゐて石の屍となれる石峡

詠みさしの歌むくげ又まんじゅしゃげ花の序列はわれを置き去る

衆をたのむ饒舌高き主婦のこゑ朝よりはして淋しき一つ

かなしみの象《かたち》ならねど埃浮くケースの中に展翅の蝶ら

ひそけさは寂しさに似てたえまなく山の筧に水の鳴る音

ヒルティの「幸福論」など教壇に説きし気負ひを思ふをりをり

しだれ咲く花に触れむとする少女爪だつことのいま美しく

櫻花《はな》ふれば古りし祠もなまめきぬ弁財天の赤きくちびる

子なきわれの眩しき位置にゐつづけて棚に寄りそふバンビの親仔

青翳る木の間《あはひ》より時切りてとびたつ鳥の一閃のこゑ

日に曝れし奉納の絵馬その一つ一つがかなし立願《りふぐわん》のこと

裏切りは人の世のこと挿し木せし藍あぢさゐの純白に咲く

風紋の砂をかいくつ越えゆけり見果てぬ夢に鳴る海の音

かなしきは旅遠く來て埴輪女《め》の思ひつめたる表情に遇ふ

いや深くかすむ釣びと谿こめて湧きくる霧の中の一齣

奥多摩にきらふ谿もや一枚の絵襖胸にしまひて帰る

時積むごとく

來る筈の電話鳴り來ず一室に時積むごとくクーラーひびく

病むこともかなしき挫折ふき窪め吹きくぼめつつ白粥すする

花の乙女ら去りて広がる空間に踏み込むごとく夕光の射す

栗園に栗拾ひ來ぬ己が殻出でたるものはつややかにして

明日をひらくパワーシャベルの動きゐて轟くごとし野は夕茜

倖せは思ひやうなり吹きこぼれむばかりに朝のミルクを沸かす

誰も彼も本音言はぬをどこからかピアノ吃音となりてひびき來

茫として歩める方にふと虚空掴む形にクレーン下がる

翅ひかり今し舞ひたつ鳳凰の魂《たま》ひびきあへ空の高みに
——姪結婚——

吹きなびき吹き直りつつ竹群の己れをとほす音してやまず

埃吹く風の中にてふとかなしこの行きずりの欠けたる道祖神《くなど》

花菖蒲つぼみ初めたり待つこころきざし來てわれに蒼し夕べは

そのゆゑに澄むしづけさか小綬鶏の鳴くこゑ山の青葉にひびく

子のなければゆかりもなくて過ぎしかな風孕む鯉一日《にち》見ゆる

夕庭に紙の風船ころがれるわが優しさも昏れ残りゆけ

時間そこに止まりゐるかと思ふまで軒にひそけし網《い》のなかの蜘蛛

みづからの胸に灯ともすすべもあれ厨にガスの焔おこしぬ

ゴムホース外れむとして迸る水見ゆ水にはずみのありて

コーヒーのなかに氷片触れて鳴る待ちてときめくこと今はなき

淋しさに馴れて久しく住みゐるに夫とわが持つ合鍵光る

何ほどの未來か知らず蹤きて來る二人ふたつの影寒き野路

―歌　碑―

夜がもつ淋しき影の一つにて冷えしホームにならぶ空椅子

魚の骨こぼれしままに凍りたる埒なき冬かわが厨べに

セメントを積む疾走の貨車が見え野は明日に向かふごとき夕映え

園ゆけば雨に彩へる樟嫩葉ほのぼのとしてわが今日はあれ

サイフォンに珈琲沸きてくるを待つ何も考へぬことの愉しく

誰か挿す風化ぼとけの風ぐるま余情となりて廻る秩父路

日の当たるところ恋ひ來て坐るとき拒むやうにて籐椅子《いす》軋み鳴る

背かれし修羅わが内に畢らぬに庭にユッカの花は終りぬ

雨そぼつ公園をゆき脈絡なく人群れてゐることのかなしく
気丈ゆゑ疎まるる母われも似てともに聞きをり夕凩を

卑小感

ま向かへばわが卑小感かぎりなく冬の怒涛は逆巻きて來て

ときのまに千切るる雲の見ゆるさへはかなし人の離合のことは

一穂《いっすい》の火に寄りゆけば眼のやうに蝋涙光るくら闇のなか

口鎖《さ》して坐れる雛《ひひな》　血縁をもたざるものは爽やかにして

明日の力残しおくがに暮れはやく松葉牡丹は花を閉ぢゐる

征きしままの君還るなし今年また松の林にふる蝉しぐれ

ここに見るこの原爆図かなしみに打ちひしがれてばかりはをれず

――丸木美術館――

戦争を憎む心は今も燃ゆわれに還らぬ一人のあれば

一行の墓誌におさまりし生涯や征きて教授とならずしまひき
―婚約者―

思ひ出すやうにて蜩ふいに啼く誰も切なしけふ敗戦日

炎の手もて反戦の旗を掲げむ軍拡のこゑひびきくるとき

恃めなき明日と思ふに夕光《かげ》の満つる明るさ芝生に佇てば

靴の踵いびつに減らす癖もあり互みに似つつ生きゆく二人

一つ目の達磨もあるに去年《こぞ》を焼く炎見てをり年を重ねて

洋弓《アーチェリー》ひきしぼる人の見据うる瞳《め》連翹の黄も容れて光れり

黒ぐろと奇岩群立つ根もとにて咲くイワカガミ咲きてあること

わがまへに妖気湛へてしづかなる衝迫のごと青き火口湖

まなざしを熱くしあれば息づきて縄文弥生の土器ら声あぐ

あひつぎて矢のごとく車体光り過ぐ道路鏡にもぎらぎらと夏

平和とは何日暮るればどの窓も鬼燈いろに灯《ひ》ともることか

連帯を負ふ一人とも屈まりて陽ににほふ溝音立てて浚ふ

糊固きシーツを剥がしゆくときに静寂《しじま》ひびきて寒し夜更けは

樟脳のにほふ喪の服陰に干すこの上何ど遇はむ傷みか

ずんどうに垂るるスカートわが傷み吊らるるごとく夜の壁にあり

天翔ける夢託しゐむ男の子らの黒洋《ブラック》凧《カイト》虚空を游ぐ

わがためにあるものとしてみづみづと紅茶のなかにレモン耀ふ

噴煙の山負ふ原に茫洋と見えつつ客を待ちて立つ馬

暗澹と覆ふばかりの空の色わがものとして雨季は來てをり

クローバー祈りのやうに花咲きて眞夏のひかり獄庭《には》にあまねし

明日のため沈みゆく日の赤きいろ死なねばならぬ彬《あきら》を思ふ

囚はれて悔いゐる彬とらはれず形なき罪われは重ぬる

今日ははじまりてゐる

油虹なまなまと滲む朝舗道すでにして今日ははじまりてゐる

口中の爽やかなるを救ひとし独りの部屋にガム噛みてゐつ

ミキサーが林檎を潰す音の響《な》り鋳型に焼くがごとき朝あさ

つね高く掲げて置かむ彫金の孔雀が翅を張りたる華麗

罅われしコップに透ける水に似て非才まづしく見えわたる日よ

母たりしことなき胸にも煌めくや出でてゆくとき飾るブローチ

むなしさの還らむことも知りてゐて誹謗して來しわれは何者

収塵車《ごみぐるま》置きて煙草を吸ふ人ら働く強みもつ顔をせり

行く手持つものは妬めり雨のなか北へ向かひて光る鉄路も

背面にきらめく水のありながら其処のみが重くさわぐ葦むら

持ち堪へし夜の孤独に色めきて麦茶がコップの中にかがやく

おのづからその一人《いちにん》に統べられて遊びゐる児ら夕日に染まる

化粧《けはひ》する鏡の中に褒貶を気にする顔が伸び縮みする

しあはせの匂ふばかりに陽を載せて乳母車ゆく軋みつつゆく

樹の下に弁当つかふ土工らがゐまへり満ちし人間の顔

雪柳たをやかに風に撓へりわれが欠くことの一つと思ふ

一ところ油浮かして溝川は陽ににほひつつ生な色めき

はなやかに花火の爆ぜてこの夜にひき戻さるる闇そこ深し

塀越しに星の話の聞こえゐてひと宵《よ》の銷夏しばしはやさし

過去などはなき顔をしてわれもゆく傷兵が樂器鳴らす街角

ふっきれぬ惑ひのごとく味噌汁の滓《おり》浮かびをり夕べの鍋に

権力に阿る言葉言ひて來し唇《くち》塗りなほす紅の純一

肝臓をいま病めるとぞ母の文字ふゆの風よりも犇めきて着く

蓬蓬と颪吹きぬき昨日が今日にすりかへられてある野面《のづら》

ストーブに胸あたためてする回顧今にあらねばみな美しき

凍みるべく凍みて縮まる雑巾を朝毎に置き冬は全し

甃《いしみち》に昼とめどなし背後より太き脚など盗まれてゆき

平和確かにあるごとく花柄と黒の蝙蝠傘《かうもり》日に並べ干す

掴まずに置かぬ太き掌《て》のかたちに革の手袋脱ぎ捨ててある

あとがき

夢みてはいなめぬ老いを生きています。なぜかくまなく奪われてしまうあの空の青。失速した片羽鳥にとってそれは永遠に夢なのかもしれないけれど、この激動の世に生きてずっと野にありつづけた雑草は搖れながら雑草なりに今もなおあこがれつづけています。ずっと昔、父をそして母を、弟を夫を失くしてしまったかなしみは言うべくもないですが、その胸のうつろを癒やしてくれたものの一つ。そう、あの空の青。上昇気流に乗り、啼きながら鳶が空に輪を描くように……限られた残り少ない時間を高く舞いつづけたいと思います。去る四月二十六日、九十三歳で他界された歌人、斎藤史の老いの凛々しさに学びたいと思います。

孤絶の一人措きしきまま十方の秋陽あつめて琅玕の海　　ゆきゑ

それにしても六年前、沼津で一人ぼっちになり、悲しみの淵に立った時のあの動哭は今もはっきり胸にやきついています。

救いを求め、海に出てどう叫んでみても海はただいつもの海の表情でしかないのです。でも何としても立ち直らなければ…と思い思い、歯を食いしばって今日に至りました。まこと貧弱極まりない抒情のかけらながら、すすめられるまま今回、まとめて見ようか……と思い立った次第です。第一歌集「階《かい》踏む音」、第二歌集「時雫《ときしづく》」、第三歌集「のこんの灯《あか》り」(予定)三冊の中から選集のかたちで五二八首ばかり引き抜いて逆年順に編んでみました。たったこれだけの人生だったか……と思うと無性に涙が出てしまいます。曽て師事した牧水夫人、若山喜志子の直筆の色紙(時雫に載せました)をふたたび巻頭に飾らせて戴きました。尚、口絵の「富士と大瀬崎砂嘴」も、一日がかりで二人で撮りに行った思い出深いものですので、記念にこれも又掲げさせて戴くことにいたします。

ちょっぴり甘く、凡庸に生きた一人の姥のたわいない孤独カプリッチオともお聞き戴ければ幸いです。

終りになりましたが、何かとお力添えいただきました文芸社の渡部健さまに心から御礼申し上げます。

平成十四年六月三十日

田中雪枝

■著者プロフィール

田中 雪枝
1919年12月鳥取県生。元教員、労働基準監督官。牧水夫人若山喜志子に師事。『創作』を経て創苑短歌会指導、現在に至る。第19回『短歌研究』新人賞次席入選。
著書、歌集『階踏む音』『時雫』。『時雫』は日本自費出版第一回文化賞部門入賞。歌書『死刑囚のうた』。

姥 ラプソディー

2003年 1 月15日　初版第 1 刷発行

著　者　田中 雪枝
発行者　瓜谷 綱延
発行所　株式会社文芸社
〒160-0022 東京都新宿区新宿1－10－1
電話 03-5369-3060（編集）
03-5369-2299（販売）
振替 00190-8-728265

印刷所　図書印刷株式会社

ISBN4-8355-4850-7 C0092